KB268650

우리 시대 현대시조 100인선  57

# 금빛 잉어

이 정 환

태학사

우리 시대 현대시조 100인선　57

# 금빛 잉어

초판 인쇄 2001년 5월 28일 • 초판 발행 2001년 5월 30일 • 지은이 이정환 • 펴낸이 지현구 • 펴낸곳 태학사 • 주소 서울시 서초구 서초 2동 1357 − 42 • 전화 (02) 584 − 1740 (代) • 팩스 (02) 584 − 1730 • e-mail thaehak4@chollian.net • http://www.thaehak4.com • 등록 제22 − 1455호

ISBN　89-7626-665-X 04810 • ISBN　89-7626-507-6　(세트)



☞ 저자와 협의하에 인지를 생략합니다.
☞ 파본은 구입한 곳이나 본사에서 바꾸어 드립니다.

◀ 五流同人 시절 대구 대덕산에 있는 이호우 시비 앞에서(맨 앞이 민병도, 둘째줄 왼쪽부터 필자, 문무학, 맨 뒷줄 왼쪽부터 노중석, 박기섭)(1987)

▼ 제12회 대구문학상 수상 후 아내, 교우들과 함께 (1994)

▶ 오늘의 시조학회 세미나 후 고산 윤선도 선생 고택 녹우당 뒤뜰에서 (왼쪽부터 유재영 시인, 필자) (1997)

▼ 경북 군위군 고로면 학암리 고향집 뜰에서 (필자, 김세진 시인) (2000)

# 차례

## 제5부 소나무를 위한 시(詩)

# 제1부 에워쌌으니

# 서시(序詩)


말로 다 할 수 있다면 꽃이 왜 붉으랴

# 에워쌌으니

에워쌌으니 아아 그대 나를 에워쌌으니 향기로워라 온
세상 에워싸고 에워쌌으니 온 누리 향기로워라 나 그대
에워쌌으니

# 헌사(獻詞)

1

물소리를 꺾어 그대에게 바치고 싶다
수천 수만 줄기의 희디흰 나의 뼈대

저문 날
물소리를 꺾어
그대에게 바치고 싶다

2

꺾이고 꺾이어서 마디마디 다 꺾이어서
꺾이고 꺾이어서 마침내 사랑을 이룬

저문 날
모든 뼈대는
물소리를 내고 있다

# 명적(鳴鏑)*의 길

나를 버려서 그에게로 깊어지는 길을
비로소 찾았네, 온 산 불타오르던 그 봄
못물로 걸어 들어가서 그 길 이윽고 만났네

아무래도 이 세상의 불타는 능선을 넘은
못물 속으로 사뭇 아득히 떨리는 길
불타는 능선이 잠긴 아아 천년의 저 어두운 길

* 명적(鳴鏑) : 화살 울음

# 비

비가 왔다, 각시붓꽃 자욱한 서정의 안뜰

먼 데 우체국이 젖어 환히 붉은

그 아침 비는 내리어 우표가 잘 뜯겨졌다

어느 날엔가 내 안에 닿은 당신의 편지

소인(消印) 찍힌 자리, 잠시 눈빛 머물렀을

그 아침 울음에 싸인 먼 데 산을 보았다

# 원(圓)에 관하여

1. 강강술래
더는 모날 수 없는 절정에 이르러서야
자못 둥글 대로 둥근 저 붉고 아득한 둘레
온 누리 죄이었다 풀고 풀었다가 다시금 죄이는


2. 떡살
몸을 살찌우랴 썩을 몸을 살찌우랴
살뜰히 새겨 넣은 온갖 마음의 무늬
도무지 떨어지지 않을, 끝내 썩어지지도 않을


3. 절구통
수근의 절구통은 반쯤 기울어져서
둥글 대로 둥근 허기 가득히 채우고 있다
누군가, 설움의 모양을 이리 빚어 놓은 이는


4. 대바구니
산비알 서늘한 기운 촘촘히 배어 들어
모든 것 받아 안는 오지랖 넓은 여인

한 자락 대숲바람이 푸르게 머물고 있다


5. 기와
햇살과 바람, 구름과 비, 퍼붓는 드센 눈발
조선의 머리에 얹힌 저리 푸르른 천년
기왓장 서넛쯤 놓인 그런 가슴을 봤는가


6. 박
넉넉함이 깃드는 더딘 꿈을 바라본다
오랫동안 기다린 것은 둥글 대로 둥글어져서
불현듯 한 마을을 들어올리는
저 열 나흗날 밤의 만월(滿月)!

# 산밑에 와서

1
아아, 꽃 핀 자리
그 속은
다만 허공

내 뼛가루가 떠올라
저리 투명한 허공

다 비운
몸이 떠도는
떠돌아 어둠에 닿는

2
비로소 내 몸은
꽃가지 휘인 빈집

동북편 하늘
그 어디쯤에 놓인 빈집

저물어
붙잡혀 있네
영혼이 떠난 빈집


3
나 산밑에 와 홀로 저무네
나 산밑에 와 기인 긴 어둠이네
슬픈 일 달리 있으랴
나 산밑에 와 묻히네

# 산밑의 노래

나 산밑에 있네 그대 못 미칠 곳이라네

산을 허물겠느뇨 온몸을 부딪쳐서

산밑에 홀로 와 있네 그대 못 미칠 곳이라네

흙이어서 그저 뭉클한 한 줌 흙덩어리여서

서럽지만 않은 산비탈에 발을 묻고

산밑에 홀로 저무네 그대 머리맡이라네

# 내 노래보다 먼저

　내 노래보다 먼저 산을 넘은 그대 그 산밑 아무도 찾지
않는 빈집에 노래를 부둥켜안고 홀로 사위어 가고 있던
내 노래보다 먼저 속울음이었던 그대 불현듯 산 하나의
둘레와 높이로 사랑을 이루었던 그대, 천길 단애를 딛고
서서 산을 넘으면 거기 산비탈 오두막집 그리움의 문고리
가 있어 아프게 흔들어대던 천년의 깊이로 내려선 그대,
내 안의 머언 그대

# 나의 하늘엔 무시로

요하 흑룡강 혹은 철원평야의 북천(北川)

물 속 조약돌 위에 몸을 세운 버들치

차디찬 무섭도록 차디찬 적요 속에 떠 있다

나의 하늘엔 무시로 그대 떠 있다

버들치의 지느러미를 한 우련히 먼 그대

푸르른 시리도록 푸르른 그리움으로 떠 있다

# 천상의 소리를 낸다

안네 소피 무터의 요염한 옆모습

바이올린은 비로소 천상의 소리를 낸다

마음에 상감(象嵌)된 저 빛, 천상의 소리를 낸다

상감된 오오 내 마음에 상감된 당신

숲의 향기로 빚은 천상의 소리를 낸다

불현듯 서녘에 떠 있는 소피 무터의 바이올린!

# 꽃잎을 짓이겨서

꽃잎을 짓이겨서 한 잔 즙을 빚듯
내 그대 앞에 차마 서지 못함은

이 몹쓸
이 잔인한 그리움
어찌할 수 없음이라

가까운 듯 멀고 있는 듯 도리어 없는
그 아침 숲을 뒤덮은 막막한 젖빛 안개

벼랑 끝
딛고 선 슬픔
밀어낼 수 없음이라

# 미류나무 꽃가지 속에

희디흰 꽃가지 속에는 길이 있나니 말라 떨어지면서 그
제사 얼비치는 눈물샘 그 깊이만큼이나 내려서야 맞닥뜨릴
길이 있나니 저물지 않는 하늘 저 멀리 불의 몸으로도 끝
내 가 닿지 못할 희디흰 꽃가지 속에는 천의 길이 있나니

# 매혹(魅惑)


1
내겐 미명(未明)이로다, 어질머리 어질머리로다

수천 수만 지느러미
비단잉어 떼의 지느러미

내게는
어질머리로다
다만 미명이로다

2
혼미(昏迷)로다 그대, 내 안에 노니는 금빛잉어

불가해(不可解)의 혼미로다, 내 안에 노니는 금빛잉어

못물도 천년의 못물, 내 안에 노니는 금빛잉어

# 신헌화가(新獻花歌)


젖은

비탈길을

미끄러져 내려와서

불 같은 사랑을 꺾어 바치노니

어찌해 꽃이기만 하랴 그의 전생애(全生涯)인 것을

마침내 다 태우고 더불어 나누어 가진

사랑이여 무변(無邊)의 불꽃 그 가운데 놓인 슬픔

온 산을 짊어지고 아아

달려가는

불의

길

# 자목련 환한 그늘


맨발로 달려간 곳, 자목련 환한 그늘


화인(火印)일지라도 당신이 내 가슴에 화인일지라도 나
는 가겠네 한사코 그 눈빛에 이끌리어 꽃잎 무덤을 이룬
산비탈 벼랑길을 가겠네 함께 가겠네 한 불꽃으로 스러지
겠네


맨발로 내달려간 곳, 자목련 환한 그늘

# 그 불꽃 이 지상에선 다시

누구나 한번쯤은 거기에 이르고 싶어한다
바이칼호 그 깊이 모를 한복판에 몸을 던져
마침내 모든 이에게서 잊혀지고 싶어한다


검푸른 무한의 심연 그 중심에 박힌 불꽃
그는 비로소 깊이 들어선 것이다
그 불꽃 이 지상에선 다시 찾지 못할 것이다

# 붓의 의미

붓은 따라갈 뿐이다 이미 마음으로 그 마음의 눈으로
궁글려 놓은 것을 붓을 잡은 손은 거침없이 화폭 위로 혹
은 흰 모래톱 위로 오고갈 뿐이다

어여쁜 손놀림이 어깨선의 움직임이 젖은 머리칼이 때
없이 뒤로 젖히어 향기로이 흔들림이 어디 잠시의 쉼이라
도 있던가

허공에 버려지는 붓, 저 홀로 불탈 때까지

# 눈먼 자의 노래

1

그 어떤 해일도 버티어 낸 힘으로
영원 앞에 선 오랜 인고의 바위 벼랑
그 속에 일고 있는 불길
눈엔 보이지 않는다


2

함묵을 견디다 못한 두 눈은 멀고 만다
눈멀어 세상은 이제 아득한 적멸보궁
온몸을 옥죄어 오는
황홀한 어둠을 본다


3

마침내 파도 소리만 가뭇없이 높푸른 밤
天涯까지 솟구쳐 오른 불 같은 그리움
사무침 이기지 못해
활활 타오르고 있다

꽃

당신이 앉았던 자리마다 꽃입니다
당신이 우러르던 하늘마다 꽃입니다
터질 듯 보듬어 안던 그 시간도 꽃입니다

꽃보다 먼저 당신이 왔습니다
당신이 걸어온 길 애닯도록 붉은 것은
내 마음 그 곳에 홀로 깔려 있었기 때문입니다

# 어떤 설화(說話)

모든 것 다 바쳐서 한 여인을 사랑했네
그 사랑 그믐밤 하늘 한 모서리를 찢고
그 사랑 담자색 꽃대 밀어 올리는 힘이었네
눈에 보이는 모든 것 마음에 닿는 하늘길마다
불붙어 불타오르는 먼 봄날의 아지랑이
모든 것 다 바쳐서 눈먼 한 여인을 사랑했네

# 제2부 자목련 산비탈

# 자목련 산비탈

자목련 산비탈 저 자목련 산비탈 경주 남산 기슭 자목
련 산비탈 내 사랑 산비탈 자목련 즈믄 봄을 피고 지는

# 별사(別詞)


나
죽으면
눈물 한 방울
흘리잖고
먼 산이나 하염없이
하염없이
바라볼
마침내 말없을 그대
영영
말 잃을 그대

천지에
환한 봄일 적에
나
죽으리
천년을 읊은
그 봄날
나 죽으리

그 날에
나 죽은 그 날에
영영
말 잃을 그대

# 천년

1
마주 앉아서
말없이 천년

눈빛으로 천년
눈빛으로 천년

덧없이 마주 앉아서 눈빛으로 천년

2
잠이 옵니다 온몸으로 잠이 스미어 듭니다

아득한 벼랑 끝에 별빛 내리듯 내 영혼 몸밖으로 빠져
나가고 썰물인 듯 썰렁하니 빠져 나가고

흰 뼈만
남습니다, 아아
또 다시

천년

# 구리화살

구리화살
구리화살

이 봄날의 구리화살

그 촉은 금빛

가슴 중심에
박힌 채로

천년에
천년을 더한

울음으로 날고 있다

# 숯

얼굴이며 뺨이며 그 뺨의 점까지며 열 길 물 속보다 더
깊어 종내 헤아릴 길 없는 그 마음까지도 검은 것은 그렇
듯이 속조차 검은 것은 숯이기 때문이다

옛 서라벌의 외딴 마을 외딴 집 조반을 끓이던 숯이기
때문이다, 불길 닿으면 금세 활활 타오를 것을 꿈꾸는

꿈꾸는
그대 마지막
사랑이기 때문이다

# 현무암을 보며

한껏 팽창하여 들끓던 마그마, 들끓어 올라 지상까지
솟구쳐서 불의 강물로 출렁이던 그 숨가쁜 분출, 그 숨가
쁜 용틀임

그리하여 지표면을 천천히 흐르다 굳어진 암반에는 구
멍이 숭숭 뚫려 있다, 그대로 하여 내 가슴에도 그처럼 구
멍이 숭숭 뚫려 있다, 즈믄 날 즈믄 밤의 속앓이, 그 속앓
이 끝 하얗게 맺힌 피멍

그 자리, 그 패인 곳곳 그대 눈물 괴어 있다

# 불의 흔적

1
폐차 직전의
다 낡고 찌그러진

그런 길섶의
그런 살풍경일지라도

뉘인들
어쩌겠는가
홍매 불 켜든 날에

2
속의
속뜰로부터
화알활 피어오른

불은 때로
꽃무늬

처절하리만치 아픈


이 봄날
저 갈매빛 산등성
상흔으로 찍힌 꽃무늬


3
당신의 그림자
비로소 재가 되고


그 잿속 내 그림자
홀연 불씨로 이는


아아, 그
눈부신 광망(光芒)
이 봄 홀로 꿈꾸느니

# 불멸·1



바람이 분다
실존이
흔들린다

금(金)가루가 된
햇살
한 움큼이

그의 눈
멀게 한 것은 불과
몇 해 전의
일이다

# 불멸 · 2

코스모스가 남아 있던 자리에
눈이
내린다


녹슨 못을 무수히 거꾸로 박아 놓은 길


맨발로
그 못 디뎌 밟는 소리
산을 돌아 나간다

# 남루(襤褸)의 시(詩)

나는 마른 헝겊 조각, 더없이 낡고 해진
길 한 모퉁이에 버려져 발끝에 더러 채이다가
어느 날 그 누군가의 손에 불현듯 쥐어졌네

그는 나의 쓸모를 묵묵히 헤아린 끝에
사랑은 젖어 드는 일, 속속들이 젖는 일이라며
서늘한 한 두레박 물을 가만 끼얹어 주었네

마른 내 몸에 내 푸석푸석한 얼굴에
문득 생기가 돌아 촉촉히 젖는 하늘
비로소 나는 그로 인하여 겨운 목숨이었네

# 원(圓)에 관하여 · 2

1. 활
대체 어디로 향한 시간들이 거기에 묶여
천궁(天弓)으로 거기에 묶여 휘어질 만큼 휘어져서
뼈아픈 한 생애를 저리
쏘아 보내곤 했던가

2. 톱
목질(木質)의 향기에 온몸 깊숙이 들이밀던
그 완강한 힘도 이젠 녹슬고 삭아내려
헛간에 버려진 채로
바람 길을 지키느니

3. 코뚜레
생살 꿰뚫려
비탈에 묶인 생애
그렇듯 붙잡히어 허위허위 가는 길을
육모초 길로 자라나 흔들리고 있는가

4. 붓

하고 싶은 말 죄다 적셔 주지는 않는다
오랜 기다림 끝에 몇 획으로 놓이는 의미
생애의 마지막까지
젖은 채로 있을지니

# 원(圓)에 관하여·3

1. 성(城)
불화살 말발굽

포탄과 돌벼락을 넘어

풀꽃 한 송이 지키기 위해 천년

죽어서 돌아온 노병의 무릎뼈를 묻는다

2. 허공(虛空)
모진 눈바람
짓눌림의 긴 세월을

천(千)의 칼날, 만(萬)의 화살이 날아가 박힌 저 허공

불타는
쇠울음에 찢긴
깊고 푸르른 저 허공

# 서서 천년을 흐를지라도

벤자민이 서 있는 분 아래 희고 단단한 받침대로 놓여 묵묵히 그저 묵묵히 한 자리에 못 박힌 듯이 서서 때로 푸른 잎들을 무성히 바람결에 흩날리듯이

비로소 나는 그렇게 한 사람을 위하여 오직 한 사람을 위하여 나의 견고한 어깨며 팔다리며 더운 피 들끓는 심장을 끝끝내 넘어지지 않을 받침대로 삼아 그대 어여쁜 발 아래 두 무릎 아래 세웠나니 그대가 가진 그 모든 소중하고 무겁고 아픈 것들을 다 보듬어 안고 이 자리에 그대 설지라도 서서 천년을 흐를지라도 조금도 고통스럽지도 괴롭지도 않을

내 몸은 철제 받침대
마지막까지 남을 버팀목인 것을

# 눈물꽃나비

내일 오겠다고 돌아선 바람 다시 본 일 없듯 잠시 후
오겠다고 물러간 일파만파 다시 본 사람 없듯

저 천지를 진동할 듯한 폭음 끝에 빚어진 기암괴석 월
포 바다 기슭에 굴러 내려와 박혀 이제까지 저렇듯 침묵
하고 있는 까닭 깎이고 이지러지고 패인 그대로 침묵하고
있는 까닭 눈여겨보는 이 애시당초 없듯

끝없는 그 끝을 향해 날아오르는
눈물꽃나비 눈물꽃나비
여태 아무도 본 일이 없다

# 제3부  첼리스트에게

# 첼로·1

장한나 혹은 첼로, 첼로 혹은 미샤 마이스키
저 눈부신 봉우리에 마침내 다다를 무렵

사람과 악기의 경계
일순 지워져 버린다

# 첼로·2


그대
어두운 곳의
가장 어두운 부분인
늪의 의미를 문득 일깨워 준 첼로여
온몸이 현 위에 실려 늪물은 사뭇 떨리나니

때로 꽃 지는 벼랑 끝에 세워져
누군가 온몸으로 온몸으로 탄주할 때
늪 속의 가장 깊은 곳까지
소용돌이치던
첼
로
여

# 첼리스트에게 · 1


온몸으로, 금세 무너질 듯한 온몸으로

벼랑 끝 딛고 서서 자아올리는 선율

마침내 장중함으로 한 채 집을 세우느니

손닿으면 더없이 큰 공명(共鳴)으로 아득히

천지간의 울음이 그 중심으로 몰려 와

마침내 천년의 소리 천애까지 닿느니

# 첼리스트에게 · 2

나는 부상한다, 저 뭉게구름보다 더 높이
꺼져 내리는 지상과 마지막으로 나누는 교감
떠올라 아득히 떠올라 구름 밖을 날은다
지상의 일 다 떨쳐낸 하늘 끝에 이르러
끝내 불타는 온몸, 하얀 뼛가루로 떠올라
소리란 소리를 모두 꿴 빛이 된다, 아득히

# 단풍숲

미쳐서야 비로소
맞닥뜨리는 첼로의 숲

미쳐서야 비로소
하늘에 닿는 선율

오늘은 함께 미쳐서
이렇듯 불타고 있느니

노래가 끝난 어귀
다시 시작되는 노래

미치고 미치다가 끝내
미쳐 버리지 못한

한 사람 목숨의 길에
불타는 저 첼로의 숲

# 풀벌레 소리

시간을 녹이는
풀벌레 울음 소리

가을 저녁 풀숲 아래로 몇 날 며칠 동안

시간이 녹아 흐르는
물소리가 가득하다

# 물

1
한 데 모인다는 것
한 곳으로 깊어진다는 것

황홀한 일체를 무릇
최후로 꿈꾸는 일

그 어떤 것들도 이젠
거스르질 못한다

2
어느 땐 속속들이 팽팽한 무지개
어느 날은 천의 금침 뼛속 깊이 박히는

그대가
드러누워 잠들
마지막 하늘이다

# 꽃의 무덤

문득
고개를 들어
우러르는 그 순간
꽃의 무덤은 이내 자리잡고 앉는 것을
물 젖은 그 눈빛 속에 천년의 깊이로 불현듯

# 몇 장 나뭇잎이 잠시

나무 꼭대기 위에 시방 몇 장 나뭇잎이 흔들리는 것을
나무 뿌리는 느낍니다

나무에게 심장이 있다면 그 심장에 전해져 오는 천둥같
이 쿵쿵거리는 소리를 들을 수 있을 것입니다

몇 장의 나뭇잎이 잠시 은연히 흔들릴지라도

# 청량산

전무후무한, 폭압적인 저리 꼿꼿한 목뼈

일순 소스라치다 연해 까무러치고야 마는

사랑은
저렇듯 드높은
절망의 한 벼랑인 것을

# 모자이크에 관한 연상(聯想)


낱낱이 뜯기어야 비로소 호흡을 하는
저 황홀한 아름다움이 가 닿을 아득한 나라

꿈 같은
극광의 왈츠
사월 줄을 모른다

# 코로부시카

그대, 코로부시카*를 아시나요
그 발랄한 춤곡을

만국기 펄럭이는 두메 산골 운동장 곳곳을 누빌 수도
있는 그것, 먼 옛날의 먼먼 나라 러시아 공화국 시골 학교
꽃밭으로 오로라처럼 그 마냥 오로라처럼 환상적으로 번
져 흐르던 소년 소녀의 뜀박질 소리 개울물 굽이돌 듯 그
가녀린 허리놀림 발놀림을 손가락이며 머릿결의 잘게 흔
들림을 그리하여 잔디가 패이도록 어린 가슴이 패이도록
한 걸음 두 걸음 연이어 재빠른 세 걸음으로 분분히 휘돌
아 흐르던 그 경쾌한 뜀박질 그 우아한 앙상블을

두 눈빛 마주칠 때마다
찬연한 저 오로라를

* 코로부시카 : 러시아 전통 민속 무용

# 생각이 묵고 묵어

꽃이 핀다 생각이 묵고 묵어 묵정밭 이룬 둔덕에 꽃이
핀다

검은 비닐 봉지가 걸려서 검은 새 깃털마냥 바람에 나
부끼는 플라타너스 그늘 아래로 아이들은 와르르 몰려가
고 지상 6, 7층쯤 돼 보이는 히말라야시더 맨 꼭대기에 앉
은 까치 한 마리 또 다시 한낮의 적막을 깨뜨릴 무렵 턱
괴고 생각에 잠긴 나는 문득 붓을 든다 노래할 것 끝없건
만 무딘 붓끝으로는 나비 한 마리 날아오잖고 수묵의 향
기만 산그늘 지듯 서늘히 내려와서 내 낮고 우울한 심령
의 한 모퉁이를 돌아나간다 탱자 울타리를 시방 지나가는
저 골바람처럼 개울물 소리처럼

비로소 내 안 그 비인 자리에
희디흰 꽃이 핀다

# 바람은

바람은 이곳저곳 가리지 않고 달리기도 하고 걷기도 하며 잠깐 멈춰 서기도 하다가 늑목을 넘어 포플러 잎에 잠시 머물러 쉬다가 이내 구름사다리 아래로 무언가를 몰고 시방 달려가고 있다 문득 가죽나무 둘레를 돌아 또 몇 번인가 이리저리 방향을 바꾸다가 점점 이쪽으로 가까이 오고 있다

둥글다 그 속에 잘 부풀어 오른 축구공이 들어 있는 것일까 아니면 자그마한 애호박덩이라도 하나 들어앉아 있는 걸까 잽싸게 달려 와서 내 발 앞에 잠시 선다 안이 텅비어 있는 비닐봉지다 검은 비닐 봉지다 그렇구나 비닐봉지 속으로 바람이 연신 기어들어 와서 이리저리 그의 뜻대로 온 사방을 쫓아다녔구나 그럴싸하니 겉모습을 부풀려서 윤나는 검정 얼굴 햇빛에 이따금 반짝거리면서 후덥지근한 기운이 가득 들어 앉았지만 딴은 텅텅 빈 빈털털이로 그 무언가 있는 듯 풍성히 가진 듯이 몸을 둥글게 부풀려서 개구쟁이 조무래기들의 작은 발자국들이 여기저기 찍혀 있는 운동장 곳곳을 이리저리 제 흥에 겨워 헤매

어 다니고 있구나

그대여
우리도 한껏 부풀려서 이제 바람 같잖은가

# 바다 앞에서 · 3


길의 끝에 이르러 출렁이는 길을 본다

모든 이루어지는 것들의 이루어짐보다 더 무겁고 깊게
살과 뼈를 저미는, 영혼 깊숙한 곳을 온통 아프게 차지하
고 있는 저 넉넉한 이루어짐의 평온, 저 다함없는 함몰의
시간, 그 끝없는 시름의 일직선상 그 위로

희디흰 바닷새 한 마리
문득
치솟고 있다

# 고목의 시(詩)

가슴 저 밑바닥으로부터 메아리쳐 울리는 소리, 지심(地心)을 뚫고 오르는 소리

그리워하고 있는 동안 나무는 나이테를 감지 않을 것입니다 그리워하고 있는 동안 이마의 주름살은 도리어 펴져서 잊혀진 그 먼 날의 서방 정토, 붉디붉은 꽃잎 속에 파묻힐 것입니다

가슴 저 밑바닥으로부터 둥둥둥 울리는 소리

# 제4부 붉은 철쭉밭

# 내란(內亂)


안의 문제를 무시로 끄집어내는 일이
부지런히 끄집어내는 일이 저 푸른 잎사귀들이다

더없이
무성할 대로 무성한
저 잎사귀들의 내란

# 가을의 수인(囚人)


갈볕이 다 못 헤아릴 기결, 미결의 일
플라타너스 마른 잎새들 때없이 떨어져서
뜻밖에 갇힌 이들의 수척한 어깨를 치는
은결 들어 쓰리고 아픈 시간들이 묻힌 적소(謫所)
부신 저 구름결에 마음 끝자락 잇닿아도
갈볕이 다 못 헤아릴 기결, 미결의 일

# 하관(下棺)



한 무리 억새꽃이 흔들리어 하염없던
한 사내의 휘굽은 어깨도 흔들리어 하염없던

그 가을
남녘 햇살 속
슬픈 시간의 함몰

# 배롱나무의 시(詩)


1
수천 수만 불씨를
물고 선 천(千)의 가지

탈 것은 이냥 타고
뒤미처 불붙은 것은

이제 막 어둠을 사르는
수천 수만의 저 화두(話頭)

2
숨막힐 듯한 바람이 분다, 뙤약볕 속 저 뙤약볕

이대로 끊어져 버린다면 몸은 이내 불길이리

부서진
낱낱의 재들로
오래도록 환히 떠돌

3
애오라지 혼자만의 일락(逸樂)을 붙좇다가
그 자신을 위해 모두 써 버린 시간


카랑한
목숨의 길은
저 먼 하늘에 있다

# 붉은 철쭉밭

죽은 이들의
뼈마디 수만큼이나

꽃은 또다시 피어나서
말없이 일러준다

결단코
헛된 것이 아닌
절멸(絶滅)의 하늘길을

저 별들 쏟아지지 않고
별빛만 쏟아지는

밤의 산비탈에 핀
철쭉밭 붉은 길

오래 전
죽은 이들의

뼈마디 같은 바람이 분다

# 부재(不在)


녹슨
철문 한 짝
비스듬히
닫힌 빈 집

죽어 묻힐
자리를 찾아
비틀거리는
방아깨비

아궁이
그 불탄 자리 곁
홀로 드러눕는다

# 분수(噴水)


물이 불길이 되는 순간을 보아라
안으로 못견디게 몸부림치던 것들이
한 순간 타오르나니, 물이 불길 되는 것 보아라

허공의 어느 정점에서 꺾이어져 내려오는
저 희디흰 뼈대의 굽히지 않는 의지
끝없이 솟구쳐 오르는 물이, 불길로 타는 것 보아라

# 지워지는 먼 산

썩어질 일은 끝내 썩어질 일만 남아

부르짖어도 메아리 없는 저 막막한 벌판 위로 한 떼의
황사바람 미친 듯 쏟아져 내린다 미친 듯 쏟아져 내려 허
공 붉게 휘젓는다, 오 무어라 이를 수 없는 도도한 함성
끝에 지워지는 먼 산

불현듯
쳐들어온 안질(眼疾)
돌이키지를 못한다

# 절정(絶頂)

형이상학의 불과 저 형이하학의 중천

떠다니는 구름, 증기기관차의 기적

쉼 없이 솟구쳐 오르는 것

곤두박질 치는 것

우리 사랑 그 구름, 구름의 때 없는 적멸

밀고 가는 힘과 밀어내는 힘 사이의 중천

불같은 마른 짚단들

불멸을 꿈꾸는

# 가을 하늘 새털구름

참새 목깃털 이불
참새 목깃털 이불

칠십만 마리의 참새 붙들어 뽑아낸 참새 목깃털 이불
그 보담도 그 보담도 더 귀한 것 그것과 짝하여 이를 수
없는 것

갈 하늘
저 새털구름
가을 하늘 저 새털구름

# 벽(壁)

－겨레여, 한반도여


이룰 수 없는 만남이
이루어 놓은 고요

돌로도, 무지개로도
어쩌지 못할 고요

수천만 새 떼들이 부딪쳐
피 흘리며 세운 고요

# 도시론·1

시멘트 자갈 모래 검붉은 철근더미
서로 엉켜 붙어 푸석거리는 숲으로 선
도심은 하이에나의 입
구토를 견디고 있다

사유의 밤은 때로 검은 연기로 뒤덮이고
염색 공단의 물, 흙의 숨결을 틀어막는
두 눈에 녹물 스미는
그런 한낮이 있다

# 도시론 · 2

덤프트럭 레미콘차 거대한 타워크레인
그런 것들이 문득 떠받쳐 올리는 하늘
갇히고 갇히는 일의 끝 간 데를 모르는

풋풋한 흙 내음 거두어 간 비탈마다
끝없이 치솟고 있는 철옹성의 마천루
화두(話頭)는 콘크리트 속에 묻히어 녹슬고 있다

# 면역(免疫)에 대하여

구제역 연쇄살인 백두대간 녹이는 산불

폐비닐 잔뜩 껴안고 신음하는 흙으로 누워

참으로 기막힐 일에도 기막히지 못한다

미친 기계 속으로 연신 빨려 들어가서

가상 공간을 떠 다니는 뻘겋게 충혈된 눈

참으로 숨막힐 일에도 숨막히지 못한다

# 끝의 끝에서

지척을 무너뜨린 안개
걷잡지 못할 노도(怒濤)

이미 예측된 사태
종내 들이켜야 할 쓴 잔

날짐승 속날개를 찢은
혹은 그의 목뼈를 꺾은

잔등에 내리찍히는
연신 내리찍히는

짐승의 모난 뼈다귀
혹은 고독이 절인 가시

끝끝내 굽힐 수 없는
연자맷돌에 매일 수 없는

# 묵시록

1
영혼을 쪼는 새는
독한 그 부리로


쇠북을 다 갉아먹고도 그 큰 눈 부라리느니


등 돌려
물러설 땅을
어디 마련할 것인가

2
하늘에서 내려다보면
암초가 보이느니


거뭇거뭇한 빛깔의 저 섬뜩한 모의


어디쯤
은밀히 숨어

덫을 놓고 있는가


3
덫에 채인
짐승 한 마리

목이 조이어 막 숨이 꺼져 갈 무렵

어딘가
한 송이 꽃이
벼랑 끝에 피고 있다


4
누더기 한 벌
푸른 연기로 오르는

그날 그 골짜구니
텅 비어 충만한 하늘

채워도
채워지지 않는
은적(隱迹)의 길을 본다


5
물과 햇빛 거두어 가면 아아 저 하늘의 물과 햇빛 죄다
거두어 가면


마침내 온 누리 온 지평엔 마른 지푸라기 마른 검불만
흩날릴지니


그 속에
적멸(寂滅)의 바람
홀로 지쳐 갈 것인가

# 제5부 소나무를 위한 시(詩)

# 어느 날 저녁의 시(詩)

마른 풀잎에도 슬픔이 비치던 날

염소 울음에 쫓겨 먼 둑길은 지워지고

감나무 가지 사이로 문득 흔들리는 이승

# 가을에

1

나무의 나이테를 뚜렷이 하는 가을 햇살
술렁이는 인연들이 붉게 물이 드는 날에
늘 서툰 이별을 위해 꽃씨 몇 점 숨긴 뜨락

2

먼 둑길을 넘어 날이 저만치 멀어가듯
문득 돌아선 그대 뒷모습이 젖는 한때
꿈처럼 사립문 밖엔 가을빛이 익고 있다

# 황국(黃菊)


밤이 깊어갈수록 내 머리카락 올올들은 하나둘씩 빠지
고 새벽까지 가는 불면(不眠)


그 눈빛
지귀(志鬼)의 뜰에
금팔찌로 묻혀 있다

# 가을 안개

간밤에 누군가가 죽었다는 소문이
꼭두서니빛 새벽 하늘에 온통 가득했습니다
그 가을 시(詩) 한 구절을 꿈길 끝에 만났습니다

산다는 것은 이렇듯 그저 덤덤한 물맛
쓸쓸히 언젠가는 바람으로 돌아가리니
그러나 그 누군가가 두고 떠난 이 아침에

이것은 너무나도 막막한 울음입니다
불가사의(不可思議)의 볕살 숲을 더듬어 내려올 때
아득한 산자락 멀리 스러져간 생애(生涯)입니다

# 꽃밭에서

저 물 젖은 장미 빛깔의 분명한 이름은 뭘까

여헌(廬軒)은
도저히 말로
이를 수 없다지만

맞선을 보던 그 날의 홍조 흐르던 귀밑머리

# 달맞이꽃

너는 둑에 핀다
늘 말없는 여인

이 밤 네 눈빛 속으로
차디찬 강물은 흘러

서늘한 내 이마 위로
문득 건너오고 있다

# 냇가에 앉아서

1
갠 날 저물 무렵
찌를 바라보다가

문득 고개를 드니
속눈썹살 아려 온다

봇물에
피라미 떼들
제 등빛을 퉁기고

2
물 위에 누워 보렴
맨 살의 곳곳마다

무덤 속 그 적막이
쓰다듬어 주려니

밤 깊어
쳐다본 하늘
그믐달도 빛나리


3
두고 갈 그만치는
두고 가고, 떠날 것은

물소리로 길을 잃고
덧없음을 노래하다

웬만큼
물이끼도 앉은
조약돌이 놓친 상류(上流)

# 장날 소묘

홍청대는 남도 가락
단대목을 펼쳤다


늘어뜨린 어깻죽지
푸드덕 실한 암탉


비어서 허전한 자리를
온통 메꿔 들썩인다


두들겨서 신명나는
대장장이 쇠망치 끝


한 보름 묵혀 뒀던
목청도 살아나서


흥겨운 콧노래를 타고
온 장바닥이 일어선다

명절맞이 제삿상에
별미로나 선뜻 오를

어시장 해산물들
그 바다의 빛을 감고

뚫어진 장터의 지붕
그 한쪽을 출렁인다

# 박수근 생각 · 3

－빨래터


이야기가 모여서
시냇물로 흐릅니다


비눗물에 씻겨 가는
풍문들도 보입니다


속살을 숨겨 온 속곳도
환히 웃고 있습니다

# 아침 반감(反感)

1
슬쩍
곁눈질로 본
그대 겨드랑이 터럭 몇 올

이 아침 맑은 허공 긴장시키고 있나니,

살 맞아 일순 꼬꾸라지는
먼 들짐승 울음처럼

2
송진 묻은 넥타이를 목에 맨 적 있는가

어느 날 빽빽한 솔숲
허망히도 헤매던 날

봄 아침 또아리 트는 밭두렁께에 서 본 일 있는가

3
먼발치선
휴지조각처럼
나부끼며
떨어져 뵈던


그 아침 비둘기 떼
붉은 발목은 젖어


일진의 바람도 잠시
먼 환각에
붙들려 있다

# 어떤 길

1
햇빛 창창하여
뜰에 내려섭니다

고른 숨결 소리
풀잎 끝에 맺힙니다

한 생애
이우는 그 날까지
이 빛 속을 걷습니다

2
올 데까지 와서
더 다다를 곳 없을 때

벽을 향해 섭니다
이내 무릎 꿇습니다

암벽에
부딪친 머리
멧짐승 그 최후 앞에

# 소나무를 위한 시(詩)


더디 자라나
늦도록 푸르른

가을 솔숲머리
내려와 있는 하늘

늦도록
푸르른 일이
새삼 아득해 온다

## 해설  꽃, 불, 소리로 나아가는 변주곡

남 송 우

부경대 교수

시인마다 즐겨 사용하는 이미지들이 있습니다. 그것은 그 시인의 원형 심상에 가깝죠. 그러므로 그러한 이미지에 대한 해명은 바로 시인의 시에 대한 해명으로 이어집니다. 이정환 시인의 시조에서는 꽃 이미지가 자주 등장하고 있습니다. 시인의 시를 이해하기 위해서는 왜 자주 꽃 이미지가 등장하고 있는지를 생각해 보아야 하겠지요. 꽃이란 이미지가 지니는 원래의 원형 심상이 있지요. 그런데 이정환 시인의 시에서는 이 원형 심상이 그대로 원용되고 있는 부분도 있지만, 변용되고 있는 부분도 많은 것 같아요.

이정환 시인의 시에서 우선 보이는 꽃 이미지는 새로운 세계의 탄생 혹은 열림과 깊이 관련되어 있는 것 같습니다. 「생각이 묵고 묵어」와 「묵시록」을 읽어보면, 이러한 모습을 접할 수가 있습니다.

꽃이 핀다 생각이 묵고 묵어 묵정밭 이룬 둔덕에 꽃이
핀다

　　……

생각에 잠긴 나는 문득 붓을 든다 노래할 것 끝없건만
무딘 붓끝으로는 나비 한 마리 날아오잖고 수묵의 향기만
산그늘 지듯 서늘히 내려와서 내 낮고 우울한 심령의 한
모퉁이를 돌아나간다 탱자 울타리를 시방 지나가는 저 골
바람처럼 개울물소리처럼

비로소 내 안 그 비인 자리에
희디흰 꽃이 핀다

―「생각이 묵고 묵어」 부분

시인은 이 시에서 자신의 시작업과 관련된 생각들을 꽃
을 통해 노래하고 있다고 봅니다. 꽃을 피우기까지는 생각
이 묵고 묵어야 한다는 것을 우선 전제하고 있죠. 생각에
잠긴 후에 붓을 든다는 창작의 과정을 자연스럽게 내비치
고 있습니다. 그러나 그렇게 한다고 바로 생각의 결과가
시 작품의 탄생으로 이어지는 것이 아님을 노래하고 있습
니다. 내 안이 비었을 때, 비로소 희디흰 꽃이 핀다는 사
실은 시인의 시작태도와 과정을 엿보게 하는 장면이라는

것입니다. 꽃으로 상징된 한 편의 시라는 것이 어떻게 탄생하는지를 노래해보고 있다는 거죠. 생각만 묵힌다고 바로 꽃[시]이 피어나는 것이 아니라는 것입니다. 생각이 묵고 묵어 내 안이 비어졌을 때, 꽃 피움이 가능하다는 것입니다. 이는 바로 시인의 시에 대한 인식론과 관련되어 있는 부분입니다. 한 송이의 꽃피움이 순간적으로 이루어질 수 없듯이 한 편의 시 역시 붓끝에서 바로 탄생되는 것이 아님을 말해주고 있습니다. 한 송이의 꽃핌이나 시 한 편의 완성이 그렇게 단순하게 실현되는 것이 아니라는 것이죠. 어쩌면 한 송이의 꽃핌은 바로 새로운 세계의 열림을 의미하기도 하니까요. 그런데 한 세계의 열림 혹은 펼침은 다른 한 세계의 닫힘을 통해 이루어지는 현상이라는 것을 기억할 필요가 있습니다. 이러한 세계의 생성과 소멸 현상을 시인은 꽃의 피어남을 통해 형상화하고 있는 것이죠. 그것을 다시 「묵시록」에서 만날 수가 있습니다.

덫에 채인
짐승 한 마리

목이 조이어 막 숨이 꺼져 갈 무렵

어딘가
한 송이 꽃이

벼랑 끝에 피고 있다

―「묵시록」 부분

　덫에 걸린 한 마리 짐승의 죽음과 한 송이 꽃의 피어남이 동시에 일어나고 있음을 시인은 노래하고 있습니다. 짐승의 죽음은 한 세계의 마감 혹은 닫힘이라면, 꽃이 피는 것은 새로운 한 세계의 탄생으로 볼 수 있습니다. 짐승의 죽음이란 한 세계의 닫힘으로, 또 다른 한 세계가 새로이 열리고 있음을 노래하고 있다는 것이죠. 이렇게 시인은 꽃을 통해 새로운 한 세계의 열림을 노래하고 있습니다. 꽃이 지닌 또 하나의 의미가 이정환의 시에는 자리하고 있습니다. 그것은 꽃이 당신[그대]으로 상징되고 있다는 점입니다.

당신이 앉았던 자리마다 꽃입니다
당신이 우러르던 하늘마다 꽃입니다
터질 듯 보듬어 안던 그 시간도 꽃입니다

꽃보다 먼저 당신이 왔습니다
당신이 걸어온 길 애닯도록 붉은 것은
내 마음 그 곳에 홀로 깔려 있었기 때문입니다

―「꽃」 전문

당신이 앉았던 자리, 우러르던 하늘, 보듬어 안던 그 시간이 꽃이라는 인식은 바로 꽃이 당신의 모습으로 치환되어 있는 모습입니다. 그래서 시인은 꽃보다 먼저 당신이 왔다고 노래합니다. 이러한 꽃을 통한 당신의 노래는 이정환의 시에서 불의 이미지로 번져나고 있습니다. 불과 꽃은 동일한 이미지는 아니지만, 꽃으로 나아가고자 하는 마음이 붉은 마음으로 나타나고 있어 꽃과 불은 이정환의 시에서 서로 밀접히 이웃해 있습니다.

그런데 당신을 꽃으로 노래하는 시적 화자의 입장에서는 꽃을 피워야 하고, 꽃 가까이 나아가야 하지만, 그것이 쉽게 이루어지지는 않습니다. 그래서 그 마음은 잔인한 그리움(「꽃잎을 짓이겨서」)으로 남겨지기도 하고, 그대 앞에 차마 서지 못하는(「꽃잎을 짓이겨서」) 현실에 괴로워할 뿐입니다. 그 마음이 불과 같은 이미지로 번져나고 있습니다. 당신에 대한 그리움이 불 같아서 맹렬함과 굳은 의지로 나타나는 이유가 여기에 있습니다.

'화인(火印)일지라도 당신이 내 가슴에 화인일지라도 나는 가겠네 한사코 그 눈빛에 이끌리어 꽃잎 무덤을 이룬 산비탈 벼랑길을 가겠네 함께 가겠네 한 불꽃으로 스러지겠네'(「자목련 환한 그늘」)라고 목놓아 노래하고 있습니다. 이것은 바로 '모든 것 다 바쳐서 눈먼 한 여인을 사랑한'(「어떤 설화」) 감정과 동일한 것입니다. 또한 이는 '안으로 못견디게 몸부림치던 것들이 불길로 타오르는 것'(「분수」)

과 같은 것이죠. 그래서 시인은 당신을 향한 사랑을 '불같은 사랑'(「신헌화가」)이라고 이름짓고 있습니다. 그것은 '한껏 팽창하여 들끓던 마그마'(「현무암을 보며」) 같은 것이며, '들끓어올라 지상까지 솟구쳐서 불의 강물로 출렁이던 그 숨가쁜 분출, 그 숨가쁜 용틀임'(「현무암을 보며」)의 모습을 하고 있는 것입니다. 그러나 이러한 뜨거움과 열정에도 불구하고 당신[그대]에게로 가는 길은 멀기만 합니다.

내 노래보다 먼저 산을 넘은 그대 그 산밑 아무도 찾지 않는 빈집에 노래를 부둥켜안고 홀로 사위어 가고 있던 내 노래보다 먼저 속울음이었던 그대 불현듯 산 하나의 둘레와 높이로 사랑을 이루었던 그대, 천길 단애를 딛고 서서 산을 넘으면 거기 산비탈 오두막집 그리움의 문고리가 있어 아프게 흔들어대던 천년의 깊이로 내려선 그대, 내 안의 머언 그대

−「내 노래보다 먼저」 전문

내 안에 있는 것 같지만, 그대는 먼 그대로 표현되어 있듯이 시적 화자와 하나로 만나지 못하고 있습니다. 그대와 나 사이의 거리 때문입니다. 「내 안의 먼 그대」에서 '내 안의' 부분에만 의미부여를 하면, 나와 그대의 거리가 무화되지만 '먼'이란 다음 시어를 생각하면 '내 안의'의 의미는 무의미하게 느껴집니다. 아무리 '내 안의' 그대이지만

‘머언’이라는 거리가 아득하게 느껴지기 때문입니다. 그 거리를 시인은 「산밑의 노래」에서 더 구체적으로 보여주고 있습니다.

나 산밑에 있네 그대 못 미칠 곳이라네

산을 허물겠느뇨 온몸을 부딪쳐서

산밑에 홀로 와 있네 그대 못 미칠 곳이라네

흙이어서 그저 뭉클한 한 줌 흙덩어리여서

서럽지만 않은 산비탈에 발을 묻고

산밑에 홀로 저무네 그대 머리맡이라네
―「산밑의 노래」 전문

　나는 산밑에 와 있지만, 그곳이 그대가 못 미칠 곳이라는 사실을 직시함으로써 그대와의 거리를 분명히 보여주고 있습니다. 어쩌면 이 시의 화자는 죽어 산밑에 묻혀 있는 존재로 볼 수 있습니다. 그러므로 나와 그대의 거리는 좁혀지기 힘든 길이기도 합니다. 그런데 결코 좁혀지기 힘든 이 길을 찾아나서고 있습니다.

나를 버려서 그에게로 깊어지는 길을
비로소 찾았네, 온 산 불타오르던 그 봄
못물로 걸어 들어가서 그 길 이윽고 만났네
―「명적(鳴鏑)의 길」 부분

나를 버려서 그대에게 가는 길을 찾는 근원적인 힘은
무엇일까? 그것은 앞서도 제시되었듯이 사랑입니다. 그 사
랑은 불의 이미지로 드러나기도 했지만, 이제는 '청량산'
의 이미지로 나타나기도 합니다.

전무후무한, 폭압적인 저리 꼿꼿한 목뼈

일순 소스라치다 연해 까무러치고야 마는

사랑은
저렇듯 드높은
절망의 한 벼랑인 것을
―「청량산」 전문

그대에게로 나아가는 사랑은 불같은 사랑의 이미지로도
나타나지만, 여기서는 청량산이 보이는 절망의 벼랑 이미
지로 나타나고 있습니다. 이 사랑은 역동성과 비극성을 동
시에 보여주고 있습니다. 어떠한 것도 꺾을 수 없는 생명

력, 힘으로 치솟는 사랑, 근원적 생명력을 보여줌과 동시에 그 사랑의 비극성을 절망의 한 벼랑으로 이미지화하고 있죠. 사랑을 이렇게 구체적인 사물에 빗대어 의미심장하게 드러낸 경우는 흔치 않습니다. 그 사랑의 힘이 '나를 버려서 그에게로 가는 길'을 열어내고 있는 것입니다.

그러나 그대에게로 가는 길을 열고, 설사 그대를 만났다고 하더라도, 그래서 꽃을 피웠다고 한들 그 사랑이, 그 꽃 피움이 영원할 수 없는 것이 세상사임을 어찌할 수 없습니다. 그래서 시인은 꽃 핀 자리에 남는 허공을 바라보고 있습니다. 꽃 피움을 통해 하나의 세계를 열기도 하고, 그대에게 가는 길을 만들기도 하지만, '꽃 핀 자리 그 속은 다만 허공'(「산밑에 와서」)이라는 깨달음 앞에 서게 됩니다. 새롭게 연 그 세계 역시 언젠가는 닫힐 것이라는 생각을 자연스럽게 하게 됩니다. 피어난 꽃이 영원히 피어 있는 것이 아니라, 꽃이 쓰러지는 것처럼 새롭게 열린 세계 역시 닫히고 만다는 것이죠.

시인의 시에서 소멸 이미지와 관련된 시편들과 만나는 것은 이러한 세계인식의 결과입니다. '그 가을 남녘 햇살 속 슬픈 시간의 함몰'(「하관(下棺)」)을 통해 죽음을 형상화하는 것, '녹슨 철문 한 짝 비스듬히 닫힌 빈집'에서 '죽어 묻힐 자리를 찾아 비틀거리는 방아깨비'(「부재(不在)」)를 노래하는 것, '마른 풀잎에도 슬픔이 비치던 날/ 염소울음에 쫓겨 먼 둑길은 지워지고/ 감나무 사이로 문득 흔들리

는 이승'(「어느 날 저녁의 시(詩)」)을 인식하는 것 등이 이
러한 세계인식에 닿아 있는 부분이죠. 피었다가 지는 꽃처
럼 사랑 역시 불처럼 타올랐다가는 사그러지는 형국임을
소멸의 이미지에서 같이 떠올리고 있죠. 그러나 시인은 소
멸만 바라보고 있는 것은 아닙니다. 꽃이 지고 나면 아무
것도 존재하지 않는 것이 아니라, '꽃의 무덤'이 남겨지기
때문입니다.

문득
고개를 들어
우러르는 그 순간
꽃의 무덤은 이내 자리잡고 앉는 것을
물 젖은 그 눈빛 속에 천년의 깊이로 불현듯
─「꽃의 무덤」 전문

시인은 꽃을 통해 이 세계가 생성되고 소멸되는 과정만
인식하고 있는 것이 아니라, 꽃의 무덤이 천년의 깊이로
자리하고 있음도 깨닫고 있습니다. 이는 바로 꽃의 자취가
영원히 사라져 버리는 것이 아니라, 천년의 깊이가 의미하
는 바와 같이 사라지지 않고 남겨진다는 것입니다. 소멸은
또 다른 생성의 원천이 된다는 거죠. 시인이 그의 시 전편
에서 소멸의 이미지와 함께 '천년', '불멸'의 시어를 자주
등장시키고 있는 것은 이런 연유라고 봅니다. 꽃은 피었다

가 지고, 다시 생명을 피워올려 끊임없이 생성소멸하고 사
랑 역시 불타오르다가 사그러지고 사그러졌다가 다시 소
생하는 모습을 인식하고 있는 것입니다. 이러한 시인의 세
계인식은 순환론적 세계인식과 맞물려 있다고 봅니다. 시
인이 「원(圓)에 관하여」와 「에워쌌으니」 등에서 원환적 이
미지를 보이는 것은 이러한 사유와 결코 무관하지 않다고
봅니다. '강강술래'를 노래하면서, '더는 모날 수 없는 절
정에 이르러서야/ 자못 둥글대로 둥근 저 붉고 아득한 둘
레/ 온 누리 죄이었다 풀고 풀었다가 다시금 죄이는' 형상
을 그리고 있는 것은 이런 순환론적 세계인식과 닿아 있
는 부분이죠. '강강술래'가 보이는 죄었다 풀고 풀었다가
다시 죄이는 형상의 원리는 하나의 세계가 닫히고 또다른
세계가 열리며, 그 세계가 다시 닫히는 현상과 동일한 세
계인식 방식이란 것입니다. 이 순환론적 세계인식은 원환
의 이미지와 깊이 연관되어 있습니다. 원은 시작과 끝이
없습니다. 끝이 시작이고 시작이 끝이기 때문입니다. 그런
데 이러한 세계인식은 나와 세계가 서로 맞서는 관계가
아니고, 나와 세계가 서로 융합할 수 있는 관계를 보여주
는 세계인식입니다. 즉 '그대 나를 에워쌌으니 향기로워라
온 세상 에워싸고 에워쌌으니 온 누리 향기로워라 나 그
대 에워쌌으니'(「에워쌌으니」)의 관계를 말합니다. 그대가
나를 에워싸고 또한 역으로 내가 그대를 에워싸는 관계를
형성함으로써 나와 그대가 하나를 이룬다는 것입니다.

이 하나의 세계지향의식은 이정환 시인의 시에서는 결국 깊이의 세계, 가장 깊은 내면의 소리에 귀기울이는 모습으로 나타나고 있습니다. 그 소리는 분열 이전의 원형적인 하나의 세계 속에서 빚어지는 원초적인 소리이기 때문입니다. 모든 이를 하나로 묶을 수 있는 근원적 생명력이 수반된 소리이기 때문입니다.

> 가슴 저 밑바닥으로부터 메아리쳐 울리는 소리, 지심(地心)을 뚫고 오르는 소리
>
> ……
>
> 가슴 저 밑바닥으로부터 둥둥둥 울리는 소리
>
> —「고목의 시(詩)」부분

이러한 내면의 소리, 가장 내밀한 소리의 전형을 첼로에서 확인하고 있습니다.

> 때로 꽃 지는 벼랑 끝에 세워져
> 누군가 온몸으로 온몸으로 탄주할 때
> 늪 속의 가장 깊은 곳까지
> 소용돌이 치던
> 첼

로

여

—「첼로·2」부분

　　결국 시인의 꿈은 가장 깊은 곳으로부터 울려나와 가장 깊은 데까지 소용돌이치는 소리와의 만남입니다. 그 소리의 세계는 생명이 약동하며, 새로운 세계가 열리는 곳이며, 모든 갈등이 하나로 녹아 융합되어버린 경지로 상상됩니다. 그러므로 모든 시인들은 이러한 소리의 세계를 실현하고자 하는 꿈을 꾸게 됩니다. 시인은 언어로 이러한 소리의 세계를 꿈꾸는 자들이기 때문입니다. 이정환 시인의 시에서 언어로 빚어내는 이런 내밀한 소리를 어느 정도 들을 수 있다는 것이 다행입니다. 그런데 이 시인이 들려주는 소리는 대체로 천상과 지하의 소리에 가깝습니다. 그래서 이제는 지상의 소리도 들을 수 있기를 기대해 봅니다.

# 이정환 연보

1954년   12월 12일(음) 경북 군위군 고로면 학암리에서 출생.

1976년   <詩林> 동인.

　　　　가을 문우 박기섭과 만남.

1976년   샘터 시조상 입상-「새벽 산길」(박재삼 선).

1977~1985년   <洛江> 회원.

1977년   『시조문학』 겨울호 1회 추천-「상념초」(이태극 선).

1978년   『시조문학』 겨울호 추천완료-「불면가」(이태극 선).

1979년   이종희와 결혼.

1980년   아들 두현이 태어남.

1981년   『중앙일보』 신춘문예 당선-「냇가에 앉아서」(박재삼 선).

　　　　朴基燮과 함께 2인 시조집 『덧니』(흐름사)를 펴냄.

1983년   딸 유리가 태어남.

1984년   五流同人을 결성하여 1995년까지 10권의 사화집과 1권
　　　　의 선집 펴냄.

1987년   첫 시조집 『아침 反感』(영언문화사)을 펴냄.

1991년   시조집 『서서 천년을 흐를지라도』(그루출판사)를 펴냄.

1992년   제2회 한국시조작품상 수상-「檻褸의 詩」(시조집 『서서
　　　　천년을 흐를지라도』에 수록).

1994년   시조집 『불의 흔적』(동학사)을 펴냄-문예진흥기금 수혜.
　　　　시조집 『불의 흔적』으로 제12회 대구문학상 수상.

1995년   5인 사화집『다섯 빛깔의 언어 풍경』(동학사)을 펴냄.

1999년   시조집『물소리를 꺾어 그대에게 바치다』(만인사)를 펴냄.

2000년   동시조집『어쩌면 저기 저 나무에만 둥지를 틀었을까』(만
         인사)와 논문집『생태학적 관점에서 본 현대시조의 양상
         연구』를 펴냄.

현재     시조전문지『열린시조』편집위원, 오늘의 시조학회·대구
         시조시인협회 회원. 대구교육대학교와 한국교원대학교 대
         학원 국어교육과 졸업.

# 참고문헌


이우걸, 「韻律의 魔性」, 『현대시학』, 1977. 9.

박영교, 「언어의 내밀성과 작품의 명암」, 『문학과 양심의 소리』, 대일사, 1986.

박기섭, 「자연과 삶, 삶과 자연」, 『아침 反感』, 영언문화사, 1987.

이우걸, 「80년대 시조의 현주소」, 『우수의 지평』, 동학사, 1989.

이우걸, 「80년대와 현대시조」, 『우수의 지평』, 동학사, 1989.

이우걸, 「동호인지와 동인지」, 『우수의 지평』, 동학사, 1989.

정해송, 「凝縮과 擴散」, 『우리시의 현주소』, 해광사, 1989.

박시교, 「80년대와 사설시조」, 『현대문학』, 1990. 9.

박진형, 「그리움의 힘으로」, 『展開』 제4호, 1992.

전상렬, 「시인의 고향」, 『대구문학』, 1992. 겨울.

임종찬, 「전통의 고수와 새로운 가능성」, 『현대문학』, 1993. 3.

한춘섭, 「장시조의 논의」, 『현대시조』, 1993. 여름.

박시교, 「사설시조의 아름다움 또는 힘」, 『시문학』, 1994. 2.

장석주, 「노래에서 기억의 시학으로」, 『시조시학』, 1994. 상반기.

김재홍, 「꽃·불의 상징체계」, 『불의 흔적』, 동학사, 1994.

이우걸, 「불의 흔적·기타」, 『현대문학』, 1994. 10.

이우걸, 「아홉 편의 시조 읽기, 혹은 그 진솔성」, 『한국시조』, 1994. 가을.

조주환, 「불멸의 시혼과 소망」, 『시문학』, 1994. 12.

이종문, 「시조의 미적 기반과 이정환의 시조」, 『시조시학』, 1995.
　　　상반기.

문무학, 「'94 대구문학의 시조」, 『대구문학』, 1995. 봄.

유재영, 「닫힌 공간에서 열린 공간으로」, 『현대문학』, 1995. 8.

채수영, 「한국시조의 무게와 의무」, 『한국시조』, 1995. 봄.

김만수, 「열린 형식, 여백의 미학」, 『다섯 빛깔의 언어 풍경』, 동
　　　학사, 1995.

김양헌, 「붉고도 따뜻한, 상처의 흔적들」, 『열린시조』, 1996. 겨울
　　　(창간호).

박영교, 「문학의 양심과 질량 분석」, 『부산시조』 제8호, 1996.

문무학, 「불빛을 느끼다, 물소릴 보다」, 『대구문학』, 1997. 봄.

이상옥, 「도시론과 幻影, 두 편의 작품에 대하여」, 『현대시조』,
　　　1997. 봄.

문무학, 「대구시조의 흐름」, 『열린시조』, 1997. 가을.

류준형, 「정보화 사회에서 서정성 변모」, 『열린시조』, 1997. 가을.

이강룡, 「시와 현실, 그리고 사유의 강의 깊이」, 『대구문학』, 1997.
　　　겨울.

이우걸, 「사랑을 위한 헌사」, 『시문학』, 1998. 7.

김몽선, 「공감의 폭이 넓은 시」, 『대구문학』, 1998. 가을.

강경호, 「상실과 소외, 그리고 무덤」, 『열린시조』, 1998. 가을.

박기섭, 「20%를 위하여」, 『다층』, 1998. 겨울.

오종문, 「가벼운 시행간 읽기, '開花'를 중심으로」, 『시문학』,
　　　1998. 12.

정재호, 「시조의 새로운 맛」, 『대구문학』, 1999. 봄.

이재창, 「행간의 미로와 깨달음의 시학」, 『아름다운 고뇌』, 시와
　　　사람사, 1999.

이재창, 「현대시조의 威儀와 새 천년의 가능성」, 『아름다운 고
　　　　뇌』, 시와사람사, 1999.

고현철, 「열린 시조의 다채로움」, 『열린시조』, 1999. 가을.

임환모, 「1980년대 시인들의 정신적 살림살이」, 『열린시조』, 1999.
　　　　가을.

강현덕, 「파계사 북소리를 기억한다」, 『시와 생명』, 1999. 겨울.

홍성운, 「일상의 사랑을 초월한 연서」, 『아득한 수면의 저쪽』(문
　　　　학경부선 13집), 1999.

박기섭, 「그대, 불과 울음의 길」, 『대구시조』 제3호, 1999.

김재복, 「그 다양한 변주의 미학」, 『열린시조』, 1999. 겨울.

우광훈, 「눈 나라에서 온 편지」, 『어쩌면 저기 저 나무에만 등지
　　　　를 틀었을까』, 만인사. 2000.

박기섭, 「삶의 언어, 시의 언어」, 『다층』, 2000. 여름.

박철희, 「현대시조의 시조성」, 『현대시』, 2000. 7.

신재기, 「인간・자연의 조화로운 언어 표현」, 『대구예술』, 2000. 8.

박진형, 「한 번만 더 날자꾸나, 우울한 文靑이여」, 『대구문학』,
　　　　2000. 가을.

박남일, 「소리의 액체화, 액체의 인간화」, 『시하늘』, 2001. 봄.